독백

이 준 영

시   집

독백

좋은땅

차 례

인사

스스로 안부를 물어본 지가
언제인지 알 수 없다.

언제부터 엄격했는지
기억나지 않을 시간이 지나
괜찮은 건지 물어본다.

어색하고 경직돼서
닫힌 마음은
열려 하지 않는다.

기대

많은 것을 원하고 원했다.

좋은 것들만 생각하며

스스로 만든 기대에

적당한 노력
적당한 희생

얻어지는 큰 기대.

욕심이었고
망상이었다.

그것들은 펼쳐 보지도 못하고
버려졌다.

그것들은 쌓여 내가 되었다.

막연함

정확히 알 수 없는 시간.

모든 것이 불확실해지고
선명하던 것들은 희미해져 간다.

희미해진 목표만큼 선명해지는 불안은
결말을 두려워하는 자신을 만들어 간다.

언제부터였는지

스스로에게 물어본다.

언제까지

막연하게 결말을 그려 갈 날들.

과거도 미래도 현재도
막연히 지나가는 시간.

나이 결

지나간 시간은
쌓여 살아온 흔적을 보여 준다.

아픔의 순간마다
한 줄 한 줄 쌓이고 물결처럼 간간이
밀려온다.

아직 성숙하지 못한 나이 결들.

잠깐 시간을 내어

좋은 내용은 아니지만
간간이 편지를
띄워 보낸다.

시작

보잘것없이 간다.

화려함에 속지 않게.

앞을 볼 수 있게.

허름하게 시작하고자 한다.

맨발로 땅을 서듯
시작하고자 한다.

단순하고
허름한 시작을 하려 한다.

꿈과 현실

꿈이라 말하며 현실을 산다.

현실이라 말하며 꿈을 꾼다.

무엇이 잘못되었는지 모른 채

아득히 빛나고 있다면 그것은 꿈이라며
살아간다.

현실의 무게에 눌려 꿈으로 가고
꿈에 무게에 눌려 현실을 살고

아득히 살아간다.

자책

언제나 약속을 어기는
자신을 욕한다.

그럴수록 작아지며
흩어져 간다.

언제부터 싫어했는지
알 수 없는 자신이 너무나 불쌍하고
초라하다.

다독여 주는 법을 잊었다.
어떻게 풀어 주는지.
무엇을 좋아하는지.
점점 기억이 나지 않는다.

자신을 비평만 할 뿐.
나를 위로했던 방법이 기억나지 않는다.

초침

60번의 헤엄이 한 걸음이 되어
지나간다.
그리고 다시 시작한다.

처음을 잊지도 않고 찾아온다.

사람은 잊고 돌아오지 않는데.

넌 항상 그 자리로 미련과 돌아온다.

이해 1/2

알아 간다고 생각했다.
아는 척만 하는 것일 뿐이었는데.

그 어떠한 것도 알고 있지 않았다.

알고 있다고 믿는 것이 편했다.

속으로 썩는지도 모르고
이해라는 말을 내뱉었다.

썩고 나서야 알겠다.

그런 척만 했음을
나의 이해는

그런 척이었음을.

노력

의무처럼 하였기에
싫어서 밀어내려 했다.

해야 한다는 의무감에 멀어지고
가치 없는 것으로 만들 이유를 찾아본다.

혹여나 불안한 결과에 실망할까.

다치지 않을 만큼 하였다.

뭐든 아프지 않을 만큼 하였다.

아파해야 할 것으로부터 도망쳤다.
그래서 이렇게 아픈가 보다.

쌓인 고통을 받으려니 눈물이 난다.

싫다

숨 쉬는 것조차 싫어진다.

알 수 없는 분노는 스스로 탓하며
벼랑 끝으로 밀어 내려 한다.

자신이 싫다.
싫은 것이 너무 많다.
싫어하려는 것들이 너무 많다.
싫어해야 마음이 편해지니.

처음부터 싫어하면
슬퍼하지 않으니.

하지만 그 속에는
공허함이 채워진다.

나의 몫

나의 몫은 현재를 보는 것.

힘들고
고통스럽다.

너무나 무거운 것이기에.
지금 책임져야 한다.

젊음의 몫은
아프고 고통스럽다.

누가 젊음은 달콤한 것이라 했을까?

이렇게 슬프고 씁쓸한 것을.

각자의 불씨를 지키려 하는
젊음 속에서

달콤함으로 젊음을 포장하려
하지 마라.

썩어 가는 젊음을 포장하지
마라.

힘이 없다

거센 폭풍처럼 살아가라 한다.

폭풍의 중심은 고요하다는 것을
지금 중심을 잃고 있다는 것을.

이 권태로움을 찢어 버리고
그 중심에서
평온하고 싶다.

힘이 없다.
거센 폭풍에도 무관심
나의 권태는 중심 없는
회오리.

곧 맞이할 시련.
힘이 없는 자.

화분

간혀 있는 꽃은 그 뿌리의
길이를 알 수가 없다.

그저 꼬아 놓기만 할 뿐
삶도 같다는 생각이 들었다.

머물러 있다가
스스로의 생각에
꼬여 버리고 말겠지.

그리고 말라죽을 날만 기다며.

피어난 꽃을 위해
화분을 던져 버렸다.

노동

힘들고 지쳐 간다.
노역에 지쳐 간다.

현재의 서늘함과
미래의 흐릿함에 휘청거리며.
지쳐 간다.

점점 노역이 된다.
과정도 결말도 보이지 않는 노역이 된다.

아주 느리게 그것도 천천히
하지만 확실히 자신을 죽여 간다.

행복

나의 행복은 누군가 만들었다.
내가 행복해하는 것 중 대부분은
누군가 만들어 놓았다.

정해진 행복을 느끼며 살아간다.

벗어나면 고통이고
유지하기 위한
노동, 노역, 노력

내 것이라 착각한
행복을
유지해야 한다.

채워 가고
비워 내지 못하는
행복은 그냥 욕망일 뿐.

고통을 유지하려는
사디스트.

관계

처음에는 투명하게 시작한다.

하지만 이내 부딪히고 깨지며
깎여 나가 각자의
형태가 만들어진다.

두려워할 것 없다.

나와 다르기에 서로 부딪히고
깎여 가며 맞춰지는 것이라.

다짐

스스로의 약속이 무너진다.
처음의 굳건함이
유혹에 풍화되어 사라진다.

다시 약속들을 쥐어 보지만
쉽지가 않다.

그런 존재인가 보다.
놓치고 쥐면서 기억하는
존재.

수없이 쥐고 놓고 약속하고
끝없이 반복하는 존재.

증명

실존하고 있다.
하지만 실존하지 않는다.
삶이란 그런가 보다.

살아가고 있지만
그릴 수 없고

설명할 수 없는 것.

자신만이 살아 있음을
증명해 나가는 것.

광란

검은 머리의 개들은
나를 잡아먹는다.

그것은 삶의 고통.

희망을 사정없이 먹어 치운다.

잡아먹힌다.

길들인다.

어떤 죽음을 선택할 것인가.

나무

뿌리가 깊을수록 더 깊은 어둠으로
들어간다.
하지만 쓰러지지 않는다.

잎만 무성한 나무가 될 바에
쓰러지지 않는 나무가 되겠다.

끝없는 바닥으로 뿌리를 내리는
나무가 되어 가겠다.

불안

시달리다가 이내 한 걸음 옮긴다.
약간은 위안이 된다.

하지만 나의 발걸음에 따라온다.

언제나 나의 발에 묶여 있다.

할 일들

해야 할 일들이
손에 들어오지 않는다.

점점 멀어지고
하지 말아야 될 것들이 다가온다.

잊혀 가는 내가 해야 할 것들.

확실히 잘못되었다.

시간

시간이 나를 기다려 주지 않는다.
나도 시간을 기다려 주지 않는다.

서로 멀어진다.
결국 승자는 내가 될 것이다.

나는 결승에 도달할 것이고
너는 끝없이 가겠지.

잘 가게 친구.
내가 없다고 너무 슬퍼하지 말고.

글

무엇이라도 남겨 놓지 않는다면
언젠가 스스로 잊어버릴 것이다.

그리고 사라지려 할 것이다.

내가 살아 있고 남아 있었다는
나의 발악.

시대가 지나도 살아 있었다고
남기려는 발악.

그렇다고 남아 있을지 모르겠지만.

이해와 대립

누군가를 이해한다는 것은
자신과 대립한다는 것.

자신에게 질문하며 상대방을 이해한다.

나의 이런 속을 몰라 주는 상대는
나와 대립한다.

서로 자신과 대립하며 이해하지는
않는가 보다.

일방적인 이해와 또 대립해야 한다.

일기

늘 쓰던 일기가 더 이상 무의미해진다.

수십 번 다짐하고 적어 놓지만
무너지고 다짐하기를 수십 번.

일기는 실패만 적어 가는 공간이 되어
펜을 들기 싫어진다.

좋은 순간도 많았는데
나쁜 기억이 쌓여서 남겨진다.

계획

시작은 언제나 순조롭다.

순풍에 출발하는 배처럼
하지만 폭풍을 만나지 않을 것이라는
보장은 그 어디에도 없었는데.

나의 계획은 그런 식이다.

순풍에 출발하기만을 기다리고

좋은 출발이
좋은 결과로
이어지길
바라는 몽상은

폭풍 속에서 부서진다.

좋아하는 것

모두가 자신이 좋아하는 것을
찾으러 다닌다.

자신을 나타낸다.

좋아하는 것을 나열해
자신을 만들어 간다.

나는 이곳에 낄 수 없다.

수시로 변하기에 그 무엇도
좋다고 나열할 수 없다.

나는 나를 나타낼 수 없다.

감정의 흔적

순간에 느꼈던 감정들은

작은 흔적들을

남겨 놓고 살아간다.

그것들은 의도치 않는

순간들에 피어나고

향기가 되어 떠올리게 만든다.

자존감

모두 자신을 사랑하기에
굽히길 싫어하는

시대.

서로가 이해받기만을 추구하는
관계이기에 부러지는 줄 모르고

올곧다며 이야기한다.

언제 부러질지 모르지만

부러질 때
혼자가 되어 있지 않기를

바랄 뿐이다.

살아간다

사람은 무엇을 향해 살아갈까.

언제부터였는지 현재를 잃어버리고
미래를 꿈꾸며 살아가고 있다.

미래의 자신의 삶.

모두가 꿈꾸는 삶은 자신이 원하고
살아가는 삶일까?

아니면 사회가 만들어 놓은 이미지에
빠져 살아가는 삶일까?

살아가려는지 살아가는지
어느 순간 감이 잡히지 않는다.

절망의 중독

자신을 넘어트리는 것은 너무 편하기에
이 중독에서 벗어나기 힘들다.

누워서 숨이 멎기를 기다리는 것은
어느 책임도 없기에

조용히 빠져든다.

일어서는 것은 모든 책임을 져야 하고

끝없는 고통에 맞서 싸워야 하기에.

그래서 쓰러지고 싶어 하는지도 모른다.

편하기에 어떠한 책임도 없는 중독에 빠져 버려서….

천천히 헤엄치는 초침만 쳐다보지.

죽음

해가 지는 것처럼
나 또한 저물어 간다.

서서히 저물어 간다.

저물어 가는 석양이
아름답기를 바랄 뿐이다.

수많은 색을 비추며
저물고 싶다.

마지막은 단색으로
모든 것을 압도하고 싶다.

감성과 이성

감성은 새로운 것을 찾아가게 만들어 주고
이성은 감성을 새로운 곳에 적응시켜 준다.

둘은 친구이며 때로는 적이다.

어느 녀석에게 흔들리고 사는지
궁금하면 중립이 되어야 한다.

욕망

모든 것이 욕망에서 비롯되어
이어 가고 삶을 만들어 간다.

태워 내고 꺼트리고 반복하며
자신의 욕망을 찾아간다.

내가 원하는 욕망인지

만들어진 욕망을 쫓아가는 것인지
모를 불씨 속에
무엇을 태워 내는지도 모르고
살아가던 시간들.

무엇을 태워 냈는지 남은 재들이
지금 나를 마주 보게 한다.

피아노

건반을 치다 보면
내가 얼마나 불협화음인지
알게 된다.

삶도 화음이라
생각하지만
사실은 듣지 않고

자기만족에
치고 있는 불협화음.

앞으로 고통스러운 교정의 시간이 다가온다.

100년

앞으로 나라는 사람이 잊히고
존재조차 기억하지 못하는 시간.

인간에게 잊히기에
과분한 시간이다.

그렇기에 망상과 과거를 놓아 주어야 한다.

현재만이 내가 잡을 수 있기에
놓아 주어야 한다.

과학과 종교

과학은 보지 못한 것을 보려 하고.
종교는 보지 못한 것을 보았다고 한다.

과학은 이상을 꿈꾸며 가고
종교는 이기적인 집단이 되어 간다.

점점 비판하던 서로의 가치가 바뀌고

마침내 종교는 과학을 두려워한다.
자신들의 포장지 속 신들의 민낯이 두렵기에.

고통

고통은 자애롭다.

온 세상에 넓게 퍼져 세상을
밝혀 준다.

고통이 비극이라면 사람들 마음속에
희망이 무엇인지 알려 주지 않을 것이다.

너무나 자애롭기에 고통 뒤
희망을 숨겨 놓았다.

고독

한없이 끌어당기는 마음은
쉽게 뿌리칠 수 없고

끝없이 당기는 공허는

어떤 것으로도

채울 수 없다는 것을
알려 준다.

고독을 뿌리치고 나왔을 때
내가 중독자였음을 알게 된다.

기술

기술은 많은 혜택을 주었어.

너무 많은 혜택을
사람이 알 필요도
없는 것들을

알게 해 주었어.

그래서 모두들 그 혜택 속에서
고통스러워한다.

필요 없는 것들을 알아 가고
고통스러워한다.

죽어 버렸어

내가 죽어 간다.

더 이상 의미 없이.

사회는 모든 것에
가격을 붙이기 시작했고
나는 죽어 간다.

사람은 더 이상 사람이 아니라
가격표가 붙어 있는
상품이 되어 간다.

아무도 모르게
나도 모르게 가격표를 보고 있다.

삶에도 가격을 매겨서 살아가고 있다.

나는 죽어 간다.

나의 삶은 얼마인지 가격표가
붙여진다.

시대의 고통

변화의 시대에
고통받는 세대가 있기 마련이다.

지금의 세대가 그 세대이다.

기술과 감정의 사이에서 투쟁하는 세대.
그런 세대이다.

감정으로는 살아갈 수 없고

기술만으로 살아간다면
사람이 되길 거부해야 하는 세대.

모두 진통을 겪고 있다.

뿌리

뿌리가 깊어져 지옥까지 들어가고 있다.

끝없는 어둠으로 뿌리를 내리지만 그럴수록
더 높게 자라는 무엇인가라 말한다.

각자의

지옥 속에서 양분을 먹고

자라는 것들이 아득히 올라간다.

아침과 저녁

시작과 끝이 아닌 시작과 시작의 만남이다.

그렇지 않다면 둘 다 밝게 빛날 수 없겠지.

모든 끝은 다른 시작들과 이어져 있음을.

부정

언제나 항상 안 좋은 생각들이 치고 올라온다.

일어나지도 않았지만
스스로 만든 불안에
자신도 모르게 어두워진다.

현재를 보기도 바쁜 시간에

스스로 만든 지옥 속에서

분주히 움직인다.

자유

편한 것이 자유라 믿었지만

그것은

한낱 욕망에 불과했다.

자유라 생각하며 쫓아가던 것들이

사실은 방종에 가까웠다는 것을
구속을 통해 알아간다.

자기혐오

증오한다.

추하고 비겁한 자신의

애증은

끝나지 않는다.

희극과 비극

이겨 내면 희극이고
포기하면 비극이다.

모든 연극은 내 손으로
완성된다.

어느 것도 비극이라 장담할 수 없기에

비극도 희극처럼
연기할 수 있으니
그 대본을 놓지 않기 바란다.

삶

맛있다.
한번 베어 물면
얼마나 맛있는지

두 번 다시 못 먹을 맛이어서
한 번으로 만족해야 된다.

다음에 또 먹을 수도 없고.

이전에 먹었던 적도 없으니.

참 맛있다.
두 번 다시 먹을 수 없으니
너무 맛있다.

아픔

아픔을 피하는 것이
맞서는 것보다 더 힘들 줄 알았을까?

한 번에 주저앉을 줄이야.

두 발로 서서 받아들이지 못하고
떠돌아다닌 아픔들이
내 몸 구석구석 걸려 있다.

아직 받아야 할 아픔들이
이렇게 많이 걸려 있다.

이만 한 추수꾼도 없을 것이다.

여름

노력이 여름처럼.
지쳐 쓰러지게 만들어 버린다.

뜨거워 타 버릴 것 같고
뜨거워 보이지도 않는다.

노력만으로 안 되는 것이 있다는 것을
한여름 속에서 깨달아 간다.

아득한 시련

시련들 속에서 담담히 싸워 갈 수 있다면
현재를 이겨 낼 수 있다고.

혼자 되새기며 과거에
묶여 살지 않기 위한
걸음을 옮긴다.

그 걸음이 미련을
끊어 주길 바라며

걸음을 옮긴다.

별들 속에서

수많은 별빛들.

우주의 도시들이
서로가 서로의
땅을 바라본다.

뒤바뀐 땅과 하늘에서
서로를 바라본다.

서로의 빛을 바라본다.

단편의 행복

내가 원하는 것들은 단편의 행복

과정과 끝이 없는 단편의 이미지에
삶을 쏟아 낸다.

한 장의 사진처럼 보이는 삶에
집착하는 자신에게

갑자기 분노가 밀려온다.

혼잣말

거울을 보며 수없이 혼잣말을 한다.

나를 따라 하는 자신은

분노에 가득 차 있다.

알 수 없는 분노

시작점을 알기 위해

끝없는 혼잣말을 한다.

채찍

얼마나 나를 때려 왔던가

일어서지 못할 만큼
모진 말을 해 왔던가.

마음에 휘둘러 댄 채찍들은
서로 엇나가게 만들었다.

미안하다.

작별

자신과 작별을 할 때이다.

이별 없이는 만날 수 없기에
놓아 주어야 한다.

낡아 빠진 연민은 새롭게 만나는
자신과의 방해물이기에 놓아 주어야 한다.

자신과 이별이 이렇게 구질구질할 줄이야.

눈물

울어야 한다.

이 고통을 이기기 위해
슬픔이 마를 때까지 울어야 한다.

그것만이 기쁨으로 가는 지름길.

성숙

성숙해진다.

아픔에 무뎌진다.

스스로를 버리지 않는다면
흉터는 남지 않을 테니.

성숙은 자신을
버리지 않는 다짐에서 얻어지는 것.

겁쟁이에게 얼마나 힘든 시련인가.

혼자

때로 자신의 행동을 정당화한다.

혼자 감당하기 싫어서

분노를 다른 곳으로 퍼트린다.

자신이 분노해도 괜찮은 대상에게.

혼자가 되어 간다.

무의미

어떠한 것도 필요 없다.

그것이 삶이라 해도.

아무 의미도 없이 지나쳐 간다.

누군가 만들어 놓은 삶은
너무도 빠르게 지나간다.

새벽 1시

삶은 막 시작되는 새벽.

태양을 기다리며
끝이 보이지 않을 것 같은
시간 속의 불안.

오지 않을 것 같은 아침에
초조해져 간다.

사람은 절망에 빠져 간다.

곧 비춰 줄 햇살을 모른 채
스스로의 새벽에 갇혀 버린다.

달빛

적당히 밝아 눈이 멀지 않는다.

달빛은 주변의 빛들과 함께 빛난다.

보기 좋은 빛이라.

넋을 놓고 바라본다.

살아야지.

살아가야지.

살아내는 곳이지.

경직되다

글을 쓰다 문득 드는 생각들
채워 넣으려는 착각들.

삶도 글도 경직되어 있다.
눈에 핏발로
붉게 보이는 세상

붉은 시선.
딱딱한 세상.

자유로운 백지.

희망적인 말

희망적인 것들이 무섭다.

잘 포장된 망상에

빠질 수 있기에

희망을 포장하는 말들이 두렵다.

차라리 진실된 불안을 따르겠다.
꾸밈없는 선물들.

차분하고 아름다운 선물들.

품어야 되는 희망

한마디의 희망은
평생 품어야 될 씨앗.

순간에 현혹되어 인고의 시간을
잊지 말아야 한다.

희망은 언제 자랄지 모르는 씨앗
그렇기에 평생 품을 씨앗.

싹을 알 수 없는 씨앗

슬픔

무엇에 대한 슬픔인지 모르겠다.
나에 대한 분노일 수도 있겠다.

갈피를 못 잡는 마음은 삶 또한
잡아 내질 못하고 어수선하기만 하다.

삶에 슬픔을 잡지 못하고
엉킨 삶을 풀어 보려는 슬픔.

어른

책임감만을 묻는다.

다들 상처받고 회피하고

격려 없는 사회는

어른이 되길 거부하라 한다.

어른은 좋은 것 하나 없다.

책임질 것이 많다.

우울감

나는 이 감정을 놓지 않고 싶다.

끝없이 잡고 늘어진다.

스스로 파놓은 구덩이에
삶의
장례식을 치른다.

우리

우리 안에 갇혀 있다.
사회 속 우리
자신의 울타리

깨고 나오지 못하는
우리 속에서
사육당하는 우리.

우리는 서로의 우리다.

연필

쓰면 쓸수록 줄어든다.

그것이 아쉬워 쓰지 않으면
어느 것도 남기지 못하게 된다.

삶도 연필도 쓰지 않으면 모두
백지로 남게 된다.

두려움

마음속에 무언가 살고 있다.

좀처럼 나올 생각 않는

그 무엇이 살고 있다.

실패

실패로 만들어진
자신이 불쌍했지만 기뻤다.

조금은 더 나은 방법을
찾아가는 중이기에

기뻤다.

앞으로 맞이할 수백 가지의 실패
한 번의 성공
불쌍했지만 기뻤다.

조연

자신만의 무대도

타인만의 무대도

없기에

서로가 무대 위에서
올라가고 내려온다.

모두들 각자의 대본을 보며
살아간다.

살아야

무엇을 위해 살아갈까?

목적이라도
이루고 나면 더 이상 살지 않아도 될까?

삶은 나에게 어떤 식으로 존재해야 하는지
알려 주지 않는다.

아니면 알려 줄 수 없는지.

아니면 살아내야 알려 주는지.

알아 가기 위한 생존.

저녁

저물어 가는 해.

떠오르는 달.

시작되는 밤.

하루의 마지막이 다가온다.

끝난 그림자놀이 속
자신과의 만남이 다가온다.

미래

더 이상 미래를 볼 수가 없다.

추하고 초라함이 떠올라
깊은 곳에서 알 수 없는 것들이 올라온다.

10년을 바라보던 아이는
1 년을 지내기 힘겨워한다.

하루를 불안에 떨며
처음의 햇살과 멀어지고

빛의 끝머리에 살아간다.

하루

알 수 없는 삶의 혼잣말
지나가는 미련들.

수없이 던지는 자신에 대한 질문.

답 없는 질문들은
어딘가 막혀 있다.

답답함에 내일을 기다린다.

나비

삶의 날갯짓이 아름답게 보인다.

살기 위해 꽃에 앉아 있는
우아함.

치열하게 사는 나비이지만
아름답게 보인다.

살아가는 것은 아름답다.

믿음

용기와 신념 속에
눈이 멀지 않도록 조심해야 한다.

눈을 감은 맹목적인 믿음은
아무것도 보려 하지 않기 때문에.

떨어지는 비명소리에
깨어나질 않기를 바랄 뿐이다.

투쟁

자신을 만나기 위한 투쟁은
숭고하지도 신화적이지도 않다.

구질하고 추하며 비겁하다.
하지만 이겨내야 한다.

그곳에 자신이 있기에
구질함과 비열함을 이겨내고

자신을 바라 보기 위해
질척하고 숨 가쁘게 투쟁한다.

미래를 꿈꾸면서

하루가 불행해져 간다.

오지 않은 미래의 걱정으로
현재를 움직이지만
그것은 불안으로 삐걱거릴 뿐.

하루 속에서 느끼는 덜컹거림은
그날의 불편함이 아닌 미래의 두려움으로 넘어간다.

오늘의 길도 못 보면서 먼 길까지
걱정한다.

자존감의 시대

자존감이라는
포장을 한 이기심의 시대.

빛이 난다며 눈을 가린다.

배려와 사랑이 없는 이기심을
자존감이라며 자신을 채우려 한다.

비어 가는 상자.

열등감인지 자존감인지
알 수 없는
그들의 상자.

신이 있다면

신이 있다면 그 무엇도
원망하지 말아야 한다.

신이 있다면 그 무엇도
바라지 말아야 한다.

삶은 부탁하는 것이 아니기에
그 무엇도 신께 원하지 말아야 한다.

수없이 원망한 질문들을
스스로 찾아야 한다.

허기

고독은 끝없이 허기지다.

한순간도 만족을 모르고
끊임없이 나를 잡아먹으려 든다.

먹히지 않으려면 나의 달을
찾아야 한다.

긴 싸움을 견뎌 내 줄 나의 달을
찾아야 한다.

감성의 시대

눈물에 먹히는 시대가 왔다.

모두 늪에 빠져
천천히 죽어 가는 시대가 오고 있다.

자신의 눈물을 조심해라.
어느 순간 익사할 수도 있으니.

경계해야 한다.

지금의 시대는
감성의 시대.

태움

불안에 자신을 태우지 마라.

꺼져 가는 희망들이
잿더미에 묻혀 흩날리니.

깊게 쉬고 내뱉어라.

자신을 묻히지 못하게
멀리 보내라.

잿빛으로 변한 자신을
마주하지 마라.

그보다 큰 재앙은 없을 테니.

조언

누군가에게 힘을 주고 싶다면
말없이 있어 주기를 바란다.

책임 없는 위로에
상처를 받지 않게 하기 위해

어둠에 묻히지 않게만

도움을 주어라.

자유와 방종

둘을 구분하기에 사람이라.

둘을 구분하지 못한다면
동물과 같기에.

자유는 욕망을

책임질 수 있는

자들의

특권.

함부로 자유를 입에 올리지 말아야지.

자유는 소수의 특권이기에.

시대를 지나

한 세기를 지나 살아가고 싶다.

수십억 명 중 한 명의 죽음은
공허하기에.

한마디의 흔적이라도 남겨
시대를 이겨 가고 싶다.

변치 않는 달의 자리처럼.

지고 떠오르며
궤적을 따라 움직이고 싶다.

나는 변했네

추억 속의 나는 더 이상 웃어 주질 않는다.

너무 오래 머물러 있었는지
작별을 고하지만
미련이 남아 떠나지를 못한다.

흐르지 못해 썩어 가는 줄도 모르고
고여 간다.

슬픔이 넘치는 지금
넘어가야 한다.

따라가는 것

무엇을 따라가는 것.

나를 잊어버리는 것.

그 종착지는 내가 아닌 그 무엇.

쫓아가기 급급했던 불안은

공허한 화살로

나를 꿰뚫어 죽이려 한다.

바닥

끝없이 내려가야 한다.

그 차가운 바닥에 닿을 때까지
나는 더 떨어지겠다.

마침내 도착한 그곳에서
나는 일어서겠다.

그곳이 나의 시작점이니.

나의 바닥에 떨어져 다시 일어서겠다.

시대의 과부하

더 이상 앞날의 화려함만을
이야기하지 말자.

수많은 유혹의 앞날에
오늘을 잃어버리라 하지 말자.

바라고 원하던 오늘이라
말하며 살아가라 하자.

오늘로 인해 멀리 볼 수 있다는
사실을 말하자.

걸음

끝을 볼 수 있다면
그곳이 시작이라.

보이지 않기에 도전하고
보기 위해 움직인다.

지옥에서 사람은 살아간다.
보이지 않는 천국을 보기 위해.

장님

스스로 눈을 태워 간다.

삶의 분노 속에서

역겨운 탄내는
방향 없는 비난이 되어 간다.

나의 온몸을 태우기 전에

이 방화를 멈추어야 한다.

책임

지금 세상은 책임지는 것이
두려운 사람들의 모임.

이곳저곳 떠넘기기
바쁘다.

정직한 사람을 찾아서 떠넘겨야 한다.

좋은 사람을 찾아다닌다.

잘못을 책임져 줄 누군가를.

그렇게 떨어진 이들은 올라가기 위해 자신을 버린다.

조금씩 지옥이 만들어져 여기까지
완성되었나 보다.

삶의 의미

한 가지만이

내가

존재하는 이유라며

스스로에게 절박했다.

그곳이 나의 의미가 아닌
의미를 그곳에서 찾은 것이었는데.

꿈이라며 나를 살아가게 했지만
사실은 하나의 목표였을 뿐.

수많은 목적과 의미를 찾는 자신.

슬퍼하지 말자.
나는 아직도 삶을 살아가려 한다.

위로가 없는시대

성장이라는 이념 속에
모두들 상처를 입어 가며 앞으로 나아간다.

상처의 보상은 앞으로 나아간 안도감
모두들 자신의 상처가 가시가 되어 감을
알지 못한다.

자신의 가시로 위로하는 시대
서로 입어 가는 상처는 곪아
혐오를 만들어 간다.

가시 돋친 위로와 전진으로
또 하루를 만들어 간다.

안정의 끝에서

안정을 위해 불안을 찾아 나선다.

잡을 수도 찾을 수도 없는 것들을
보기라도 한 듯.

사람들은
자신을 죽여 가며 찾아 나선다.

비교

삶을 비교로 사는 세대.

스스로 알아가기 위해 비교하고
비교한다.

얻어지는 열등감은
자신보다 낮은 사람들로 채워 간다.

끝이 없는 불만 속에 사람들은

자신보다 부족한 사람들을 보며

자신을 채워 간다.

구름

끝없는 적란운
그 속을 알 수 없다.

모든 것을 감싸 안았지만 아무것도
보여 주지 않는다.

그 속은 호기심보다
두려움이 앞서는 모습

나에게 다가온다.

무엇을 품었는지 모를
적란운이 다가온다.

절망의 끝자락

몰리고 몰려 마지막

그 끝에서 보는 것은

마지막인지

시작인지

알 수 없는 불빛.

그 불빛에 태울 것인지

태워질 것인지

생각한다.

하기 싫다

그 어느 것도 어떤 것도 할 수 없을 만큼
지쳤을 것이다.

책임 없는 위로에 지쳐 갔을 것이다.

힘을 내고 싶은 것이 아닌

아무것도 하기 싫을 뿐.

노력이 누군가의
편의가 되는 것에 대한

허무함.

아무것도 하기 싫었을 것이다.

아무것도 할 수 없었을 것이다.

사탕

땅에 떨어진 사탕
나에게 주는 마음
내가 먹어 주었으면 한다

흙의 맛을 알기에 망설인다.

거절하면 일그러질 것 같은 얼굴로
내게 권유한다.

사탕만을 보는 멍청한 마음인가.

땅에 떨어져도 변치 않는 거라는
마음이 나에게 선택을 강요한다.

달콤함만 보며 먹어 보라 한다.

쓴맛은 나의 몫이라며 혐오가 밀려온다.

자본주의

드디어 완벽한 세상이 왔다.
서민을 만든 완벽한 세상

서민으로 만들고
시민이라 말하고

국민이라 칭하고
우리라고 현혹한다.

모두가 동등하다며 특권을 위해 준비했다.

완벽한 자본의 세상
완벽한 자본들의 시대.

살아간다는 것

이겨 내는 그 무엇이 있기에
삶은 아름답다.

고독과 고통이 동정이 되어 돌아와도
슬퍼하지 않는다.

이겨 낼 그 무엇이기에
비교하려 하지 않고 비교 받아도
그 온전함을 사랑한다.

특권

누군가에게 쥐여 준 적도
쥐게 해 준 적도 없는 것인데

어느새 다들 손에 꽉 잡고 놓아 주지를 않는다.

얼마나 대단한 것이길래
흔들어 보이는 손은

너무 오랫동안 잡아 손이 펴지질
않는 모양이다.

더 이상 누구 하나 잡아 줄 수 없는 손.

불쌍한 그들의 손.

주의

아직 나에게

분노가 아직 남아 있다면

조심해야 된다.

어디서 타 버릴지 모르니.

숲이 없는 먼 곳으로
가야 한다.

꿈은 달처럼

꿈을 가진다면 달처럼
바라볼 수 있기를 바란다.

태양처럼 보지 못할 것을
꿈이라며
허황되게 살지 않기를 바란다.

멀어버린 눈으로
두려워하지 않기를 바란다.

가로등

빛이 너무 많다.

세상에는 빛이 너무 많다.
당장 밝혀 주는 빛이라 좋아 보이지만

나의 등을 보지 못하게 만들어 버린다.

세상에는 가로등이 너무 많다.

너무 많은 가로등

이곳저곳 밝히는 가로등

길을 잃은 사람들.

만화경

수많은 세상이 어지럽게 돌아간다.

그중 한 세상을 선택해야 한다.
이 정처 없는 세상을 하나로 합쳐야 한다.

나의 무언가로 합쳐야 한다.

아득하고 어지러운 나의 세상.

성공학

성공이 학문처럼 번지고 있다.

가난을 탈출하려는 몸부림에
이처럼 달콤한 학문이 있을까?

모두 다 자신의 가난을 불행이라 여기며
스스로를 낙오자로 포장한다.

돈이 수단이 아닌 목적으로만 변질되는
성공학이 사람들을 잡아먹는다.

무엇이 필요한 것인지
알지도 못한 채

만들어 놓은 이미지를
성공이라 이야기한다.

가난

사회는 가난한 사람들에게
불행한 모습을 강요한다.

가난을 불행으로
보이게 하는 모습들.

불행하게 보여야 하나 보다.

누군가 위안을 얻어 가며 살아가고
가난의 동정이 사업이 되어 가니.

누가 가난한지 도통 모르겠다.

나의 빚

나의 삶은 점점
빌려온 것들을 갚아 간다.

기쁨과 슬픔이 공존하고
나의 빚은 점점 줄어든다.

행복하게 받아들이자.

빌려온 것들을 갚아 가는 삶이라

탄생의 슬픔이 죽음의
기쁨으로 바뀌는

순간이 오고 있으니

그날을 위해
미소를 연습한다.

배부름

허기가 무서워 채워 넣기 바빴다.

탐욕은 쌓여 가고 몸은 늘어진다.

행복이라 포장하고
자신의 탐욕을 채워 간다.

그 속에는
자유도 책임도 이성도 없이

본능만으로 살아가는 동물이
살고 있다.

괴물이 되는 것이 이렇게 간단했다.

무질서

통제되지 않는 두려움에
눈이 멀게 되지 않기를 바란다.

내가 봐야 것은 두려움
그 속의 고요함.

도망치지 말기를 바란다.
그 속에 모든 고요함이 있으니.

두려움 속으로 들어가
고요한 자신을 만나길 바란다.

두려움에 눈이 멀지 않기 바란다.

자신의 뿌리

자신의 뿌리를 믿고 가는 사람들은

자신의 뿌리에 누가
희생당하는지
돌아볼 필요가 있다.

양분을 위한 희생이

성장이라 착각하지

않기를 바란다.

뿌리를 지키기 위해

묘목을 착취하지 말기를
바란다.

평범한 소멸

수없이 죽어 간 이들 중
기억에 남는 이는 얼마 없다.

하나의 생물로써
소멸하고 일부의 사람만이
존재를 알리고 죽는다.

그렇기에 모든 죽음은
슬픔을 동반하는가 보다.

흔적 없이 사라진다는 불안감.

숲이 죽어야 나무를 알듯
평범한
죽음이란
숲이 아닌 나무 같은 것.

그 순간 나는

지나온 시간 지나갈 시간
그 사이에서 얻어야 할 것들.

미래를 버릴 것인지.

미련을 품을 것인지.

미련과 미래의
선택지.

삶의 등반

왜 살아야 하는가?

인생은 고통과 마지막에 혼자가 되는
과정을 밟을 뿐인데.

산에서 고민한다.
정상은 구름에 가려져 있기에.

모두가 자신만의 정상을
오르고 내려온다.

하고 싶은 대로

나의 길 나의 삶 나의 행동
나는 자유롭다.

혼자 세상에 빠져 마치
다른 존재로 살아가는 것처럼
연기한다.

다른 이들의 눈은 신경 쓰지 않는다.

그런 생각만 할 뿐
착실하게 사회를 살아간다.

나는 남들과 다르다.
남들과 달라지기 위해 비교한다.

하고 싶은 대로 산다는 것은
싫어하는 것들도
책임진다는 것.

본능에만 따라가지 않고
책임지고 비교하지 않겠다는 것.

자유를 얻는다는 것은
생각보다 비싼 희생들이 따라온다.

불길 속

심지가 타오른다.
형체 없는 불길들은
나를 태워 간다.

타들어 가는지
타오르는지 모르는 마음속에
한 가지가 스쳐간다.

무엇을 태우고 있는 걸까?

타고 있는 것은 희망인지 불안인지
아직은 알 수 없다.

모든 감정들

너를 힘들게 할지라도.
스스로 죽이지 마라.

스스로 죽이지 않는다면
사람은 다시 나아갈 수 있다.

밀려오는 어둠은
너를 죽이지 못한다.

너가 할 것은
문을 열고
받아 주는 것.

스쳐 갈 한 날의 어둠일 뿐.

두려움 너머

두려움 그 너머에 있는 것은
또 다른 두려움.

이 두려움을 타고 올라가는
자신을 보아라.

위대한 탐험가 못지않지만

오만에 넘어가려 하지 말라.

그 넘어 절망을 맛보고 싶지 않거든.

살기 싫다

살기 싫다.

노력하기 싫다.

사는 것을 노력하기 싫다.

노력하며 살기 싫다.

노력을 포기하고 싶다.

사는 것을 포기하고 싶다.

노력하기 싫다.

지루한 삶은 싫다.

노력하기 싫다.

살고는 싶다.

노력해야지.

살아야지.

역설적인 감정

좋은 듯한 기분은
좋은 상황이 아닐 수도 있다.

나쁠 것 같은 기분도
나쁜 상황이 아닐 수도 있다.

감정을 벗어나
현실을 바라보는 것은
어렵다.

현재를 감정으로 포장한다.

행복으로 가는 길

행복.

사람들은 이 두 글자를
위해 불행을 덮어쓴다.

거짓된 행복들.

만들어 놓은 행복은

불행하다.

동정 섞인 우월주의 속
불행하게 보여야 한다.

행복은 불행이다.

내가 살 수 있는 것은

내가 사고 싶은 것들은
욕망의 포장물일 뿐
소유하고 공허해한다.

내가 사고 싶은 것은
내 자신이지만

그 무엇으로 살 수 없기에
공허함 속에 소비를 지속한다.

중력

끝없이 끌어 당겨지는 삶은
중력처럼 벗어날 수 없이
나를 바닥으로 잡아끈다.

벗어날 수 없을 거라는 불안감은
어깨를 짓눌러 버리고
바닥을 기어가게 만들어 버린다.

끌어당겨진다고 스스로를 나약하게 눌러 버렸다.

그것이 편했기에 투쟁은 피곤하였기에
스스로를 끌려다니게 눌러 버렸다.

꿈

깨어 있는 사람들의 특권.

잠들어 있는 사람들에게는
스쳐 지나갈 뿐.

얼마나 자고 있던 것일까?
너무 희미해져 기억도 나지 않는다.

자고 있는 사람에게 꿈은 사치
막연히 기대하고 잊어 간다.

꿈은 깨어난 사람들의 특권.

관점

자신의 나무가 존재한다.
각자의 나무가 올곧지는 않다.

우리는 대화를 한다.

하지만 다른 뿌리라는 것을 알고
분노에 휩싸여 간다.

이내 서로의 가지를 꺾기 시작한다.

망상

일어나지 않은 것들.

일어날 것들.

모든 것들 속에서

가장 고통스러운 자신을
찾아가는 명상을 시작한다.

상어

끝없는 항해를 하고 있다.

오지 않은 태풍과 싸우며
보이지 않는 상어들과 사투한다.

몸은 그대로인데
마음은 뜯겨 있다.

아직 오지 않은 태풍과
상어들에게 입은 상처들.

스스로가 만들어 낸 허상에
상처를 입어 간다.

순풍

바람이 불어온다면 떠나자.

돛을 펼치고 검은 구름 속으로
항해를 시작할 것.

그 속에 섬을 찾아가길 바란다.

빛나는 것들을 위해 더욱더 검은 폭풍 속으로
들어가길 바란다.

나의 배가 난파된다면
그곳은 나의 목적지였음을

항구에서 곱게 썩어 가는 것보다
아름다웠음을 알아주기를 바란다.

조심해라

선한 것들을 조심해라.

그것은 나를 오만하게 만들고
그 속의 악이 나를 집어삼킬 것이다.

그러니 선함을 경계하고 자신의 악의를 바라보아야 한다.

그것들은 감시를 피해 빠져나올 기회만 보고 있기에
언제나 선함에 눈이 멀지 않도록 조심해라.

지금 사람은

공허하다.

그 가격이 그 본질이 되어 버리고
사람은 가격 속에
눈이 멀어 버렸나 보다.

저무는 해도
떠오르는 해도
가격이 붙어진다.

자연도 가격표가 붙어진다.

사랑은 얼마, 행복은 얼마
슬픔과 기쁨의 가격.

사람은 얼마.

숫자는 위대해졌다.

잡초 같다

뽑고 뽑았는데
어느새 또 자라 있다.

미루면 미룰수록 더 무성히 자라
나를 지워 간다.

삶은 끝없는 노동.

그것이 고통스럽더라도
온전한 자신을 위해

자신의 잡초들을

뜯어내고
살아간다.

나이

추억에 잠겨
현재를 강탈한다.

늙어 가려 한다.
젊음을 잊어 가려 한다.

현재도 미래도 잊어 가는
젊음은 어디로 가야 하는가.

독배

검게 채워져 있는 이 잔은
내가 준비한 독배.

지금까지 수없이 마셔 왔지만
그 맛이 아직까지 달콤하다.

검게 썩어 나를 죽이는
가장 화려한 독배.

스스로를 죽이는 잔.

배려

희생과 다른 말이지만

희생과 같은 뜻인가 보다.

동정과는 다른 말이지만

동정과 같은 뜻인가 보다.

이 말은 이제

동정과 희생에
포장된

껍데기.

걱정

내가 만들어 낸 불안의 허상.

오기로 하였다면 찾아올 것인데.

막을 수 없는 것인데.

그 속에서 시간을 보낸다.

점점 젖어드는 피로감은
나만의 늪지를 만들어 간다.

방황

수없이 화려한 문들은
텅 빈 공허함을 선물해 준다.

속을 채워 넣는 것은
자신의 몫인데.

채워져 있기를 바라며
떠돌아다닌다.

수없이 비어 있는 방문들

이제는 하나씩 닫아 간다.

조급함

결과를 누리고 싶은 마음은
삶을 덜 익어 가게 한다.

익지 않은 결과를 삼킨 떫음.

미련한 조급함.

후회를 뱉고

기다림을 삼킨다.

희망을 보고 싶다면

희망을 보고 싶다면 밤까지
기다려야 한다.

낮에 보이지 않는 것들이
밤에 하나씩 드러낸다.

낮에 보는 것들은 실망뿐
밤에 보는 것은 사라지지 않을 희망.

위선

가질 수 없는 것에 대한 불행
욕심을 비우라 한다.

그리고 놓으라 한다.

하지만 그것은 이내 강탈하기 위한
거짓된 위선
내려놓은 것들을 주우려는 사람들.

비워 내며 깨끗하게 살아 내라 하지만
그것은 강탈당하기 싫어하는 자들의
거짓 위선.

그들은 더러운 눈밭을
항상 뒤집으며 속여 간다.

검은 수중

익사할 것처럼
밀려온다.

검은 파도가
이내 나를 집어삼키고
심연으로 이끌어 준다.

그 속에서 보는 것은
한 줌의 씨앗.

독백

살아가기 위한 몸부림
스스로의 독백

살아가기 위한 작은 발악.

두려워하지 말라며
스스로에게 다독이지만
삶은 개인에 노력에 연민도 애정도 없다.

고통스러워도 살아가길 바란다.

고통 속에서도 웃기를 바란다.

중요한 것

나에게 중요한 것들이 있었다.
우리 모두에게 중요한 것이 있었다.

하지만 사라진 것 같다.
언제부터 사라졌는지도 모른다.

점점 각자의 삶을 위해 개인의
행복한 삶을 위해
다른 개인을 착취한다.

행복하기 위해서
다른 행복을 착취한다.

행복을 잃어 간다.

중요한 것이 있었는데
없어졌다.

기억이 나질 않는다.

믿음과 맹신

나의 믿음이 맹신이 되지 않게
빌어 본다.

내가 가는 것들에 두 눈이 멀지 않기를
스스로 가두지 않기를 빌어 본다.

자신을 바라보며 걸어가기를
부탁한다.

스스로가 광신도가 되어 가지 않기를.

믿음에 눈이 멀어 맹인이 되지 않기를.

자신의 믿음을 바라볼 수 있기를
자신에게 부탁한다.

결승선

점차 다가오는 결승선
완주를 끝냈지만 찾아오지 않는 환희
이미 완주를 하였지만
멈출 수가 없다.

무엇을 위해 달렸는가?
무엇을 위해 달려야 하는가?

끝이라는 두려움에 스스로
멈출 수 없는 마라톤을 하고 있다.

황혼

붉은 노을로 낮이 타들어 간다.
더욱더 강렬하게 타들어 가는 노을.

이내 검푸른 재들을 토해 내고
불씨들이 반짝인다.

끝은 다른 씨앗들의 시작이었노라.

슬퍼하지 말자며
다독여 본다.

그림자놀이

그림자놀이가 시작된다.

관중들은 밝아지는 공간 속에서
다시 현실을 바라본다.

불이 켜질 때마다 시작되는 그림자놀이.

끝나면 꿈으로 돌아간다.

사람들은 매일 그림자놀이를 한다.

마지막

외면하고 살아간다.

영원한 것처럼.

영원할 것처럼.

나를 속인다.

부서지는 행복을
영원으로 속여 팔아 가려 한다.

이젠 영원함과 작별을 할 때이다.

더 이상 끝없는 것들에
그만 괴로워해야 할 때.

내가 만들어 낸 영원들과의
마지막 작별.

유한히 타오르는 것들과
삶에 빠져야 할 때.

독백

ⓒ 이준영, 2021

초판 1쇄 발행 2021년 6월 4일

지은이   이준영
펴낸이   이기봉
편집   좋은땅 편집팀
펴낸곳   도서출판 좋은땅
주소   서울 마포구 성지길 25 보광빌딩 2층
전화   02)374-8616~7
팩스   02)374-8614
이메일   gworldbook@naver.com
홈페이지   www.g-world.co.kr

ISBN   979-11-6649-830-5 (03810)